Chers amis rongeurs,
bienvenue dans le monde de

Geronimo Stilton

Adriano Zito remercie ses amis Andrea Garbagnati, Paolo Barilla, Antonio Panini, Vladimiro Balboni et toute l'équipe de ZITOWAY Sport & Adventure.
Dédié à Cinzia, à Nick Steve Howard et à Jonathan Lance Armstrong.
Les 100 KM DU SAHARA existent vraiment ! Pour en savoir plus sur cette mythique course d'aventure dans le désert, rendez-vous sur le site : www.100kmdelsahara.com

Texte de Geronimo Stilton
Coordination éditoriale de Piccolo Tao
Édition de Graffiti Publishing Milan *sous la direction de* Certosina Kashmir *et* Topatty Paciccia
Coordination artistique de Gògo Gó
Couverture de Guiseppe Ferrario ; *illustrations intérieures de* Blasco Pisapia *et* Barbara Bargigia
Maquette de Merenguita Gingermouse *et* Zeppola Zap
Traduction de Titi Plumederat

www.geronimostilton.com

Pour l'édition originale :
© 2005 Edizioni Piemme S.P.A. – Via Galeotto del Caretto – 15033 Casale Monferrato (AL) – Italie
sous le titre *Da scamorza a vero topo... in 4 giorni e mezzo !*
Pour l'édition française :
© 2006 Albin Michel Jeunesse – 22, rue Huyghens – 75014 Paris – www.albin-michel.fr
Loi 49 956 du 16 juillet 1949 sur les publications destinées à la jeunesse
Dépôt légal : second semestre 2006
N° d'édition : 17 092/2
ISBN 13 : 978 2 226 17201 3
Imprimé en France par l'imprimerie Clerc à Saint-Amand-Montrond en mai 2007

Stilton est le nom d'un célèbre fromage anglais. C'est une marque déposée de Stilton Cheese Maker's Association. Pour plus d'information, vous pouvez consulter le site www.stiltoncheese.com

Geronimo Stilton

COMMENT DEVENIR UNE SUPERSOURIS EN QUATRE JOURS ET DEMI !

ALBIN MICHEL JEUNESSE

GERONIMO STILTON
SOURIS INTELLECTUELLE,
DIRECTEUR DE *L'ÉCHO DU RONGEUR*

TÉA STILTON
SPORTIVE ET DYNAMIQUE,
ENVOYÉE SPÉCIALE DE *L'ÉCHO DU RONGEUR*

TRAQUENARD STILTON
INSUPPORTABLE ET FARCEUR,
COUSIN DE GERONIMO

BENJAMIN STILTON
TENDRE ET AFFECTUEUX,
NEVEU DE GERONIMO

TOUT EST TRANQUILLE... NON ?

Ce matin-là (un *tranquille* matin de mars), j'étais *tranquillement* assis dans mon bureau du 13 de la rue des Raviolis.

Ma rédactrice en chef, Chantilly Kashmir, entra dans la pièce.

– Tout est *tranquille ?* demandai-je.

– Très *tranquille*, monsieur Stilton ! me *tranquillisa*-t-elle d'un sourire.

Tranquillisé, je soupirai :

– Ah, quelle *tranquillité !*

Oui, tout était *tranquille* à l'*Écho du rongeur*.

Tout... ou PRESQUE.

Une seconde plus tard (pas plus, je vous l'assure),
j'entendis le grondement d'un moteur et
ma sœur Téa fit irruption dans mon bureau.
Elle roula sur ma queue, m'aplatit un orteil…
prit son élan et cabra la moto.

YOU-HOUUUUU
YOU-HOUUUUU
YOU-HOUUUUU !

D'un bond époustouflant, elle se gara directe-
ment sur mon bureau.

Tout est tranquille !

… la queue…

… l'orteil…

Mes moustaches vibraient d'exaspération.

– *Par mille mimolettes !* Tout était si *tranquille* avant ton arrivée ! Téa, combien de fois t'ai-je demandé de ne pas entrer à moto dans mon bureau ?

Elle répondit en criant si fort qu'elle me perfora les tympans :

– Tiens-toi bien, Geronimo, j'ai une nouvelle

ASSOURISSAAAAAAANTE !

Oh, excusez-moi, je ne me suis pas présenté : mon nom est Stilton, *Geronimo Stilton*. Je dirige *l'Écho du rongeur*, le plus fameux journal de l'île des Souris !

… mon bureau sert de parking !

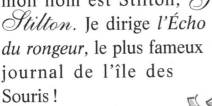

… elle se cabre…

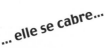

Sssalut,
je sssuis Chhhacal !

Téa me fit un clin d'œil.

– Je reviens à l'instant des championnats de parachutisme. Oh, à propos, tu as le bonjour de ma meilleure amie, la championne du monde ! Tu te souviens d'elle, hein, Geronimo ?

Je *souris*, rêveur. Dès la première seconde où je l'avais vue, elle m'avait fasciné !

L'oublier ? Impossible !

Téa reprit :

– J'ai rencontré là-bas un vieil ami à moi, **CHACAL**, qui m'a proposé un scoop exceptionnel.

– Hm, ça ne serait pas mal, un scoop pour *l'Écho du rongeur*. On peut faire confiance à ton ami ?

– Il n'y a pas de ron-
geur en qui j'aie plus
confiance. Si je me per-
dais dans les glaces
du pôle Nord ou dans le
désert du Sahara, c'est lui
que je voudrais avoir à mes
côtés !
Je réfléchis. Hm, dans la
bouche de ma sœur, experte en
survie, c'était un grand compli-
ment !
Je demandai, prudent :
– Mais de quel scoop s'agit-il ?
– Si ça concerne Chacal, c'est
sûrement quelque chose qui a à
voir avec l'aventure. Mais il ne
veut en parler qu'à toi, il dit
que c'est un SECRET TRÈS
SECRET !
– Il ne veut en parler qu'à *moi* ?

Téa Stilton, envoyée spéciale de *l'Écho du rongeur*... et sœur de Geronimo !

La championne du monde de parachutisme... et meilleure amie de Téa !

Quelle BIZARRERIE... Bon, comment dis-tu qu'il s'appelle, ton ami ?
– Il s'appelle CHACAL !
J'allai répliquer que c'était un nom plutôt BIZARRE quand le téléphone sonna BIZARREMENT.
– Allô, ici Stilton, *Geronimo Stilton* !
Une voix à l'accent BIZARRE siffla :
– Sssalut, je sssuis Chhhacal. Ça t'intéresse, un scoop ? Alors rends-toi à l'aéroport internatio-nal de Sourisia, dans une heure exactement... *seul et avec un bandeau sur les yeux !*
J'étais étonné :
– À l'aéroport ? Dans une heure ? Les yeux ban-dés ? Euh, monsieur Chacal, votre proposition me paraît un peu BIZARRE et...
– Ne discute pas ! Il n'y a là rien de BIZARRE... C'est qu'il s'agit d'un SECRET TRÈS SECRET !
Téa me pinça la queue :
– Allez, Geronimo, accepte, allez allez allez !

– Euh, d'accord... pour une fois, j'accepte...
Le personnage **BIZARRE** qui s'était présenté
comme Chacal hurla dans le téléphone :
– Geronimooooooooo ! Merci d'exister !
Cancoyote, affûte tes petits muscles
tout ronds tout ronds tout ronds. Bon,
je vais aller dévorer un petit quelque
chose parce que j'ai une faim de loup.
Groarrrrr !
Ah, l'Afriiiiiiique !
Tutti Frutti... tra la la la...

Il chantonna la chanson *Tutti Frutti* d'Elvis
Presley et me raccrocha au museau.
Je raccrochai à mon tour, plutôt perplexe.
Et même un peu inquiet !
Quelle aventure BIZARRE m'attendait ? Je
sentais que j'allais avoir des ennuis à gogo...

J'étais plutôt perplexe...

... et même un peu préoccupé !

GGGERONIMOOOOOOO !

Même si je me sentais un peu ridicule, je suivis les instructions et me rendis à l'aéroport international de Sourisia... *seul et les yeux bandés.*
Une voix dans mon dos hurla :

– GGGERONIMOOOOOOOOOOOOOO !

Je fis un bond en arrière... posai la patte droite sur un balai qui rebondit sur mon museau... heurtai l'échelle d'un laveur de carreaux qui me renversa sur la citrouille un seau d'eau savonneuse... j'allais retirer mon bandeau, mais Chacal hurla :

– Stop !

D'une poigne d'acier, il me traîna dans une direction inconnue.

J'entendis le haut-parleur croasser quelque chose, mais Chacal me fourra les deux index dans les oreilles.

– HALTE ! Tu ne dois **absolument** pas entendre où nous allons, Geronimo !

– Mais, vraiment, je...

Je grimpai une passerelle (*mais pourquoi ?*), m'assis dans un fauteuil (*mais comment ?*) et entendis le grondement d'un moteur (*mais de quel type ?*) tandis qu'une voix douce (*mais qui appartenait à qui ?*) annonçait que nous partions (*mais pour aller où ?*) et qu'on allait nous servir un repas (*mais quand ?*).

... une voix dans mon dos hurla...

... un balai rebondit sur mon museau...

J'arrivai, les yeux bandés...

... je fis un bond en arrière...

C'est alors que je compris. J'étais dans un avion qui _décollait !_
– Laissez-moi descendre ! hurlai-je.
– Trop tard, Geronimo !
Quand l'avion atterrit, je fus accueilli par une bourrasque d'air sec et brûlant.
– M-mais où sommes-nous ? balbutiai-je.
Chacal me fit monter (j'avais toujours les yeux bandés) dans un véhicule tout-terrain qui démarra sur les chapeaux de roue en rugissant sur une piste pleine de nids-de-poule et de dos-d'âne.

ROARRRRRRRRRRRRRRRRRRR! J'avais les boyaux qui s'entortillaient !

... je heurtai une échelle et reçus un seau d'eau savonneuse sur la citrouille...

... Chacal me traîna dans une direction inconnue...

... et me fourra les deux index dans les oreilles...

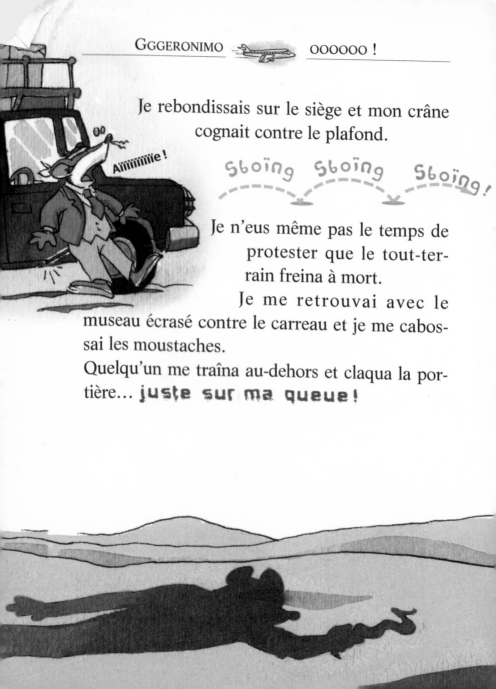

Je rebondissais sur le siège et mon crâne cognait contre le plafond.

Aïïïïïïïïie !

Sboïng Sboïng Sboïng !

Je n'eus même pas le temps de protester que le tout-terrain freina à mort.

Je me retrouvai avec le museau écrasé contre le carreau et je me cabossai les moustaches.

Quelqu'un me traîna au-dehors et claqua la portière... **juste sur ma queue !**

– Aïiiiiiiiïïe ! hurlai-je à pleins poumons.

Il approuva.

– Bravo. Tu ne manques pas de souffle, hein ?
Tu vas en avoir besoin !

Avant même que j'aie pu demander *pourquoi*, il
m'arracha le bandeau.

Je clignai des paupières et, pendant quelques
instants, je fus ébloui par une lumière aveu-
glante.

Enfin, je compris où je me trouvais : j'étais dans
le... désert !

Et enfin je découvris un rongeur qui agitait mon
bandeau en l'air... CHACAL !

SAHARA, SAHARA, SAHARAAAAAAAAA !

C'était une souris **massive** comme une armoire, **compacte** comme un artichaut, MUSCLÉE, comme un culturiste, TATOUÉE, comme un capitaine au long cours, avec une mèche rebelle à la Elvis Presley, des lunettes de soleil en polaroïd, une tenue kaki qui mettait ses puissants muscles en valeur et un chapeau pour l'aventure extrême. Il portait au cou une dent de requin ! Il hurla :

– Prépare-toi à vivre (et à survivre, si tu t'en sors), dans le Sahara, quatre journées époustouflantes au milieu des serpents et des scorpions, sous des températures de 60 degrés le jour et en dessous de zéro la nuit !!! Puis il sautilla autour de moi en criant de plus en plus fort :

Sahara, Sahara, Saharaaaaaa !

Je blêmis.

– Le Sahara ? Quatre jours ? Des serpents et des scorpions ? 60 degrés le jour et en dessous de zéro la nuit ? Mais je n'y arriverai jamais !

... en dessous de zéro !

60°C...

Je voulus téléphoner à Téa pour la prévenir que je rentrais immédiatement...

Mais Chacal m'arracha mon portable et ma montre des mains et les jeta au loin dans le sable.

– **Aaaaah**, je suis fou de joie à l'idée d'être coupé du monde !

Je hurlai, désespéré :

– Mon ruineux téléphone cellulaire archisatellitaire micro-macro-mégabande ultrafréquencé dernier modèle ! Ma précieuse mⓁntre d'époque en OR MASSIF 18 carats incrustée de rubis authentiques !

Cependant, Chacal courait en tous sens en criant, tout heureux :

– Soleil ! Grand air ! Vastes horizons ! Des émotions vraies pour les vraies souris !

VOILÀ, ÇA, C'EST LA VIIIE !

Il me donna un coup de coude qui me froissa les côtes.

– Il n'y a qu'une chose qui me manque, dans le désert. Tu sais ce que c'est ? Hein ?

– Non, je ne le sais pas ! *Et je ne suis pas certain que ça m'intéresse !* murmurai-je, résigné.

– La pizza ! grogna-t-il en se léchant les moustaches.

– La pizzaaaaaa me manque, j'en mangerais
10, 100, 1 000 par jouuuuuuuuuuuuuuur !
Cancoyote, affûte tes petits muscles tout ronds
tout ronds tout ronds. Moi, je vais me dévorer
quelque chose parce
que j'ai une faim de
loup. Groarrrrrrr !

Ah, *l'Afriiiiiiiique !*

PAROLE DE CHACAL !

Je tentai de l'interrompre.
– Et le scoop ? C'est quoi, ce scoop ?
Il me donna une pichenette sur l'oreille.
– Curieux, hein ? Bon, je peux bien te le dire, maintenant. Voici le scoop : on va prendre une **cancoillotte** (*comme toi*) et la transformer en une Vraie Souris (*comme moi*). Et sais-tu comment on va faire ? Hein ? Tu le sais ?
– Non, je ne le sais pas ! *Mais je suis sûr que ça va m'intéresser !* m'écriai-je, inquiet.
Chacal me montra une très grande arche de plastique gonflable sur laquelle était inscrit le mot **DÉPART**.
– Demain matin, nous prenons le départ des 100 KM DU SAHARA, une course d'étapes dans le **désert** du sud de la Tunisie. Un grand moment,

qui fera de toi une **V**raie **S**ouris, *PAROLE DE CHACAL !*

Je n'eus pas le temps de poser de questions parce que, au même moment, un coup de sifflet impérieux retentit.

Je regardai autour de moi et m'aperçus que j'étais entouré de rongeurs venus du monde entier. Ils étaient vêtus d'une *drôle* de casquette munie d'une jupette, de ridicules culottes courtes, d'un maillot sur lequel était cousu un dossard portant leur numéro, et, aux pieds, de chaussures de course. C'étaient des... marathoniens !!!

Comme une seule souris, ils COURURENT tous en direction du centre du campement où ils étaient logés.

Le chef, un rongeur athlétique et assez beau, au *sourire* éclatant, empoigna

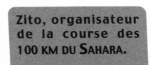

Zito, organisateur de la course des 100 KM DU SAHARA.

un mégaphone et annonça à plein volume :

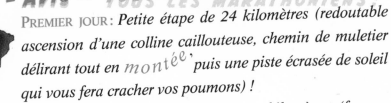

- AVIS À TOUS LES MARATHONIENS !

Premier jour : *Petite étape de 24 kilomètres (redoutable ascension d'une colline caillouteuse, chemin de muletier délirant tout en montée, puis une piste écrasée de soleil qui vous fera cracher vos poumons) !*

Deuxième jour : *Modeste étape de 25 kilomètres (faussement facile : vous vous enfoncerez jusqu'aux genoux dans du sable très fin et vous regretterez de vous être inscrits) !*

...et, le soir, mini-étape nocturne de 10 kilomètres (effroyable et cauchemardesque course dans l'obscurité totale, je vous promets que vous allez trébucher sur tous les cailloux et vous tordre les chevilles) !

Troisième jour : *Supermégaétape de 35 kilomètres (vous vous userez les pattes jusqu'à l'os sur cette interminable piste qui traverse le désert à perte de vue) !*

Quatrième jour : *Grosse étape de 26 kilomètres (une piste caillouteuse qui vous éreintera jusqu'aux amygdales, puis vous escaladerez et dévalerez, escaladerez et dévalerez, escaladerez et dévalerez des dunes jusqu'à n'en plus pouvoir) !*

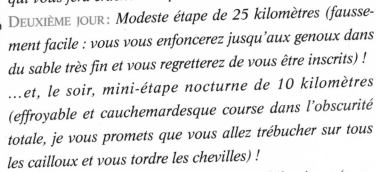

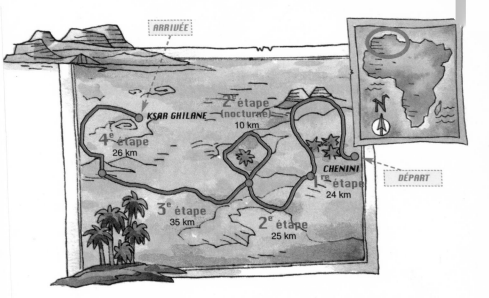

Il haussa le ton :

– AUTRE AVIS À TOUS LES MARATHONIENS !

Nous ne sommes pas là pour polluer, mais pour respecter la **NATURE.** *Ne prenez que des photos, ne laissez que des* 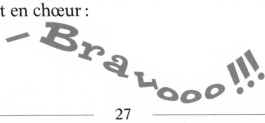 *mpreintes.* Si je chope quelqu'un en train de laisser des ordures dans le désert, je le disqualifie à viiiiiie !

Comme une seule souris, tous les marathoniens hurlèrent en chœur :

– Bravooo !!!

TROIS, DEUX, UN…
PARTEZ !

Chacal m'encouragea.
– Toniquetoniquetonique, Geronimo, je veux que tu sois **TO-Ni-QUE** !
Dépêchedépêchedépêchedépêêêêêêêêêêêche !
Hop-hop-hop-hop-hop-hop-hop-hop-hop-hop !
Il me siffla dans une oreille :

– Pour aujourd'hui, la stratégie secrète, c'est… facile : **ON FILE** comme *des cafards sur une plaquette de beurre !*
Zito, le patron de l'organisation, me tendit une feuille.
– **Cancoyote** (tu t'appelles bien Cancoyote, hein ?), signe ici !
Je tentai de protester :
– Mon nom est Stilton, *Geronimo Stilton !*
Mais Zito poursuivit et m'encouragea :

– Signesignesigne ! Et je signai. Mais il me vint ensuite un **SOUPÇON.**

– Qu'est-ce qu'il y a d'écrit, là, en tout petit ?

Ce gros malin m'arracha le papier des pattes, mais j'avais eu le temps de lire… hélas ! Je voulus reprendre le papier et renoncer à la course, mais la foule de marathoniens au milieu de laquelle je me trouvais se

dirigea

comme

une seule

souris vers

la ligne de départ.

Un profond silence s'installa et tous,

comme une

seule souris,

BANDÈRENT

leurs muscles.

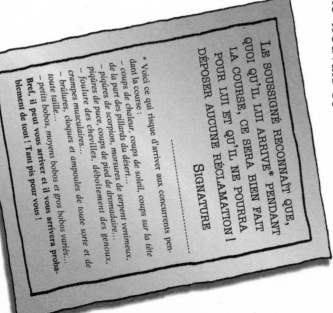

LE SOUSSIGNÉ RECONNAÎT QUE, QUOI QU'IL LUI ARRIVE* PENDANT LA COURSE, CE SERA BIEN FAIT POUR LUI ET QU'IL NE POURRA DÉPOSER AUCUNE RÉCLAMATION !

SIGNATURE

_____

* Voici ce qui risque d'arriver aux concurrents pendant la course :
– coups de chaleur, coups de soleil, coups sur la tête de la part des pillards du désert…
– piqûres de scorpion, morsures de serpent venimeux, piqûres de puce, coups de pied de dromadaire…
– foulure des chevilles, déboîtement des genoux, crampes musculaires…
– brûlures, cloques et ampoules de toute sorte et de toute taille…
– petits bobos, moyens bobos et gros bobos variés…
Bref, il peut vous arriver et il vous arrivera probablement de tout ! Tant pis pour vous !

Les deux chronométreurs levèrent leur chronomètre et scandèrent :

- *3, 2, 1…* partez !
Cent marathoniens s'élancèrent *comme une seule souris.*

Moi aussi, je partis, mais me retrouvai aussitôt en queue de peloton, les autres concurrents me dépassant sur la droite et la gauche, tels des éclairs.

ZIP ! ZIP ! ZIP ! ZIP ! ZIP ! ZIP ! ZIP ! ZIP !

Au bout de cinq minutes, je soupirais ! Au bout de dix minutes, je soufflais ! Au bout de quinze

Les dix étapes de l'essoufflement

1. Départ d'un bon pas…

2. Ralentissement préventif…

3. Fatigue musculaire…

4. Affaissement structural…

5. Effondrement moral et physique, avec suée abondante…

minutes, j'étais essoufflé ! *Au bout de vingt minutes,* je haletais comme une locomotive à vapeur ! *Au bout de vingt-cinq minutes,* j'allais éclater ! *Au bout de trente minutes,* j'éclatais !

Chacal hurla :

– Le dernier arrivé est un **rat d'égout puant !**

Mais les autres marathoniens étaient déjà loin, on aurait dit de petits mouchoirs blancs qui voletaient sur l'horizon.

Chacal et moi étions… les **DERNIERS !**

6

Souffle court…

7

Souffle très court…

8

Essoufflement avec palpitations…

9

Étranglement par surmenage…

10

Écroulement final !

Nous étions les derniers...

UN MONSTRUEUX COUP DE SOLEIL… MAIS SEULEMENT DU CÔTÉ GAUCHE !

Un profond silence tomba sur le désert, qui me parut encore plus *désertique*, sans un bruit pour le peupler un peu.

Le soleil au zénith ressemblait à un jaune d'œuf, bien rond et bien **BRÛLANT**, qui cuisait en grésillant dans une poêle bleu ciel… les petits nuages qui flottaient çà et là étaient comme de petites flaques de beurre.

L'air était aussi chaud que dans un four à pizza. Le soleil brûlait, mais seulement sur notre côté gauche !

Chacal étala sur son museau un peu de crème solaire protection 60.

– S'il te plaît, **Cancoyote**, tartine-toi bien, comme

ça le *rôti de souris* sera bien plus croustillant, à s'en lécher les moustaches !

Ha ha haaa !

Je sortis mon tube de crème solaire, mais c'est alors que nous rencontrâmes quelques rongeurs à la mine reposée qui marchaient d'un pas tranquille.

– Ce sont les *marcheurs !* Eux, ils ne courent pas, ils marchent ! m'expliqua Chacal.

– Quelle idée intelligente ! Euh, je vais peut-être m'inscrire moi aussi parmi les marcheurs, il me semble que cela correspond mieux à ma vraie nature, je suis un gars, *ou plutôt un rat*, intellectuel, contemplatif et…

CHACAL rugit :

– Souviens-toi du scoop, **Cancoyote !**

C'est alors que je vis, dans le ciel, un avion qui tirait une **banderole.**

Il s'inclina sur l'aile pour nous saluer.

Je le regardai attentivement : c'était un avion rose… mais bien sûr, c'était l'avion de Téa !

Sur la banderole, je lus une inscription qui semblait un ordre :

– Geronimo ! Si tu tiens à tes moustaches, ne rentre pas sans le scoop, compris ?

Je poussai un soupir. Je comprenais maintenant pourquoi Chacal et Téa étaient de grands amis. Ils se ressemblaient. Un peu trop !

L'avion disparut dans le ciel bleu.

Chacal fit claquer ses lèvres.

– Aïe aïe aïe, **Cancoyote**, on a pris un coup de soleil, hein ?

J'avais oublié de me mettre de la crème solaire !

Et j'avais pris un MONSTRUEUX COUP DE SOLEIL...

mais seulement du côté gauche !!!

COMMENT ÇA VA, CANCOYOTE ?

Loin loin loin, à l'horizon, j'aperçus quelque chose... *un rongeur qui brandissait une bouteille d'eau !*

Était-ce vrai... ou était-ce un mirage ?

Je le rattrapai : c'était **vrai !**

Je le reconnus tout de suite : c'était le R.A.C. (RESPONSABLE DE L'ASSISTANCE AUX CONCURRENTS), qui me demanda gentiment :

– Comment ça va, Cancoyote ? Tu t'appelles bien Cancoyote, hein ?

Je tentai d'expliquer :

– Euh, en fait, je suis Stilton, *Geronimo Stilton*, mais peu importe... appelle-moi comme tu préfères... pourvu que tu me donnes de l'eau, aaaaaagh !

Je sentis avec soulagement l'eau fraîche couler
dans mon gosier. Puis je me remis à courir. Deux
heures plus tard, j'écarquillai les yeux : une arche
bleue se détachait sur l'horizon. Le campement !
À l'arrivée, tous les marathoniens m'encoura-
gèrent *comme une seule souris :*
– Alleeeez !
Je souris et saluai de la PATTE ...
mais trébuchai sur un lacet dénoué et m'étalai
de tout mon long, le museau en avant, dans du
crottin de dromadaire ! Quand je me relevai, je
puais à faire pitié et j'étais entouré par un nuage
de moucherons.

C'est ici que dort
Geronimo Stilton

Les tentes berbères sont faites en toile tissée avec de la laine de dromadaire. Elles sont supportées, à l'intérieur, par des poteaux de bois, et tendues, à l'extérieur, par des piquets plantés dans le sable.

IL FALLAIT RÉAGIR PLUS TÔT, CANCOYOTE !

Tout puant, j'arrivai enfin au campement et demandai :

– S'il vous plaît, où se trouvent les toilettes ?

CHACAL ricana et me désigna le désert.

– Les voici, les « toilettes » !

Je pris un rouleau de papier hygiénique et  partis à la recherche d'un **BUISSON**, mais le désert était aussi plat qu'un billard ! Gêné (je suis un gars, *ou plutôt un rat,* très timide, moi), je m'éloignai, m'éloignai et m'éloignai encore jusqu'à ce que le campement ne soit plus qu'un petit point dans le lointain, puis je me cachai derrière une dune.

C'est alors que j'entendis le chef crier dans son mégaphone :

– Ceux qui veulent prendre une DOUCHE... dépêchez, dépêchez, dépêcheeeeeez !

Tous les marathoniens bondirent *comme une seule souris* en direction de la citerne dont s'écoulait un filet d'eau. J'arrivais en dernier. Je ne puais pas qu'un peu ! Personne ne voulait rester à côté de moi !

Enfin, quand ce fut mon tour, je me savonnais des oreilles à la pointe de la queue.

Quelle odeur !

Pouah ! Ça pue !

J'ouvris le robinet pour me rincer... mais il n'en sortit pas la moindre goutte ! Il n'y avait plus d'eau !

Je m'écriai, inquiet :

– **Plus d'eau ?** Comment cela, plus d'eau ? Je *dois* me laver !

Je trébuchai sur un crâne de dromadaire et m'étalai dans le sable. Quand je me relevai, j'avais l'air d'une côtelette panée. J'avais envie de pleurer. J'étais épuisé... je puais comme des toilettes pour dromadaire... et j'avais du sable jusqu'à la pointe des moustaches !

Je sentis qu'on me touchait doucement l'épaule et je me retournai.

Une marathonienne MURMURA :

Je me savonnai... ... mais il n'y avait plus d'eau !

... je trébuchai...

... J'avais l'air d'une côtelette panée !

– Je suis désolée qu'il n'y ait plus d'eau. Mais peut-être puis-je t'aider…
Elle secoua sa gourde.
– Je t'offre l'eau qui me reste !
Puis elle appela ses copines :
– Il vous reste un peu d'eau ? Il y a ici un gars, *ou plutôt un rat*, en **DIFFICULTÉ** !
L'une après l'autre, toutes les marathoniennes m'offrirent un peu d'eau. Petit à petit, je parvins à enlever le **CROTTIN** de dromadaire et le sable. Je remerciai, ému :
– Merci, vous avez été vraiment gentilles !
– Solidarité entre marathoniens ! *répondirent-elles en chœur.*

ATTENTION
AUX AMPOULES !

Mes **PATTES** douloureuses présentaient toute une collection de cloques. Je me traînai jusqu'à la tente sous laquelle je devais dormir.

Je gémis :

– Je crois bien que je vais aller voir le médecin...

Mes camarades me mirent la patte sur la bouche.

– Chut, il ne faut pas qu'on t'entende dire ça ! Celui-là, il te les crève d'un coup, tes ampoules !

Tente de
Geronimo Stilton

Un cri résonna dans le campement.

– AIIIIIIIIE !

Une ombre vigilante passa entre les tentes.
C'était le médecin.
– Quelqu'un a des AMPOULES ?
À son passage, tout le monde s'éclipsa dans les
tentes et fit semblant de dormir.

JE ME SENS
UN PETIT PEU FATIGUÉ !

Soudain, le cuistot (un rat qui ressemblait à un pirate, avec des muscles effrayants) tapa avec sa louche sur un couvercle de marmite. Un marathonien demanda :

– Qu'est-ce qu'il y a à manger, ce soir ?

– *DU JUS de scorpion, du serpent pressé et du sable en sauce !* brailla le cuistot.

Je donnai à mes jambes l'ordre de se lever, mais elles ne m'obéirent pas. Je murmurai :

– *Je crois que je vais me reposer un moment... je me sens un petit peu fatigué...*

C'était le soir et la température chuta brusquement.

À taaaable !

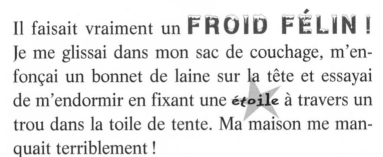

Il faisait vraiment un **FROID FÉLIN !**
Je me glissai dans mon sac de couchage, m'enfonçai un bonnet de laine sur la tête et essayai de m'endormir en fixant une *étoile* à travers un trou dans la toile de tente. Ma maison me manquait terriblement !
J'avais l'estomac vide et je n'arrivai pas à m'endormir.
Soudain, je sentis la *bonne odeur* des pâtes à la sauce tomate. Chacal murmura :
– Je t'ai apporté le repas, mon ami. Mange, demain sera une dure journée !
J'étais ému. Chacal était un *VÉRITABLE AMI*.

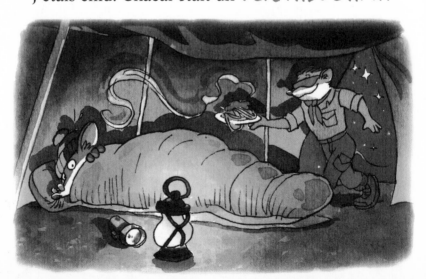

SAVAIS-TU QUE...

Il faisait nuit noire lorsque **CHACAL** entra dans la tente (après avoir passé des heures à chanter en chœur autour du feu avec les autres marathoniens), mais au lieu de se coucher et de dormir (quoi de plus normal ?), il se mit à me raconter des histoires *ÉPOUVANTABLES*.

– *SAVAIS-TU QUE... on vient de retrouver un marathonien momifié qui s'était perdu dans le désert ? SAVAIS-TU QUE... hier, un de mes amis a trouvé un scorpion dans ses chaussures ? SAVAIS-TU QUE... une fois, mon cousin a trouvé un cobra dans son sac de couchage ?*

Je protestai :

– Merci de me tenir au courant : comme ça, je sais d'avance les cauchemars que je vais faire !

Puis Chacal m'interrogea :
- DIS-MOIDIS-MOIDIS-MOI,
c'est vrai qu'un de tes amis,
un certain Farfouin Scouit, fait
la cour à Téa ? Je vais te faire une
confidence : je suis amoureux
fou de ta sœur !

Je soupirai. Il y avait tant de rongeurs qui faisaient la cour à ma
sœur Téa !

Dès qu'il eut posé la tête sur
l'oreiller, CHACAL s'endormit
en un clin d'œil... et se mit à ronfler comme un *dromadaire enrhumé !*

Ronf-ronf-ronf-bzzzzzzzzzzzzzz !

Je ne pus fermer l'œil de la nuit,
réfléchissant à des excuses pour ne
pas devoir courir de la journée. Par
exemple...

J'AI UNE FAIM DE LOUP !

Peu avant l'aube, je parvins enfin à m'endormir, mais je fus bientôt réveillé en sursaut par un hurlement :

GGGERONIMOOOOOOOOOOOOOOOOOO !

J'ouvris les yeux et vis une silhouette fantomatique éclairée par les derniers rayons de lune. Mes moustaches vibrèrent de peur et je poussai un hurlement :

– Au secouuuuuuuuurs !

C'était Chacal, frais comme une rose :

– J'ai une faim de loup ! P'titdéj'p'titdéj'p'titdéj' !

Puis il rugit :

GROARRRRRRRRRRRRRRRRRRRRRRRR !

À la table du petit-déjeuner, il me présenta quelques marathoniens.

– Voici leurs noms de guerre : *Loup, Faucon, Aigle, Renard, Tigre !*

Puis **CHACAL** me présenta à ses amis :

– Voici **Cancoyote**.

Puis il ricana :

– Quand il ne te déçoit pas, il te donne d'énormes satisfactions !

Tout en **grignotant** un incroyable sandwich à la confiture de trente-trois étages, **CHACAL** inspecta le contenu de mon plateau.

– Qu'est-ce que c'est ? Du miel ? Il fallait en mettre plus, ça donne plein d'énergie. Tu ne prends pas d'oranges ? Tu sais que, si tu manques de vitamine C, tu n'arriveras nulle part ? Et ça, c'est quoi ? Du café ? Pas question, après tu deviendrais trop **NERVEUX !** Ah, si je n'étais pas là pour te surveiller ! J'espère que tu m'es reconnaissant, au moins !

Il me prépara un **sandwich** de trente-trois étages, comme le sien, et annonça à tous les marathoniens :

– Vous allez voir comme la cancoillotte file aujourd'hui ! C'est moi, son entraîneur !

Il me bombarda de questions :
– Commenttesenstuaujourd'hui ? Tutesenscom-
mentaujourd'hui ? Tuestonique ? Hein ?
Cependant, les autres étudiaient la STRATÉGIE
SECRÈTE pour la journée.
– On court ensemble, aujourd'hui, hein ? On part
en queue, on remonte le pelo-
ton et vlan ! on se retrouve
en tête. C'est facile,
on file comme des
dromadaires sur du
linoléum !
Je marmonnai :
– Ouais, moi, il me suffit d'arriver vivant.
Moineau, un des participants, proposa :
– On va faire une petite course pour se mettre
en jambes ? On s'envoie
quelques kilomètres,
histoire de s'échauffer !
C'est facile, on file
comme des paresseux
sur la banquise !

Un médecin s'approcha de moi.

– Bonjour, **Cancoyote** (tu t'appelles bien Cancoyote, hein ?)

– En fait, je m'appelle Stilt…

– De toute façon, je t'ai vu boiter, Cancoyote. Tu vas bien ?

– Très bien !

– Tu es sûr ?

– Sûr et certain !

– À mon avis, tu dois avoir une ampoule.

– Pas du tout !

– Montre-moi tes pattes.

– Mais elles puent !

– Ce n'est pas grave, je me boucherai le nez. Aaaaah, je savais bien que tu avais une **ampoule !**

Je balbutiai une excuse :

– Mais nooon, c'est une ampoule congénitale,

je l'ai depuis ma nais-saaaaance !

Il ne voulait pas me lâcher la patte.

– Ne t'inquiète pas, je m'en occupe... JE TE L'ARRACHE ET HOP !

Tu vas voir, tu ne sentiras rien (ou presque, eh eh ehhh !), me dit le médecin.

Heureusement, à ce moment-là, un autre médecin vint le chercher pour une urgence !

Ils repartirent tous deux.

Je poussai un soupir de soulagement. Ouffff !

ZIG ZAG ZIG ZAG ZIG ZAG ZIG ZAG ZIG ZAG ZIG ZAG ZIG ZAG ZIG !

Je rejoignis les marathoniens et, tous ensemble, nous nous mîmes à COURIR... COURIR... COURIR...

Nous courûmes jusqu'à ce que je sente que mes pattes étaient ankylosées et mes pieds en FLAMMES.

Au bout de 20 kilomètres, je m'aperçus que j'avançais en ZIG ZAG ZIG ZAG ZIG ZAG ZIG ZAG.

J'avais pris une insolation !

Pour la première fois, je vis CHACAL vraiment inquiet.

– Tu dois boire, compris ?

Je vidai ma gourde d'un trait.

CHACAL me versa la sienne sur la tête, jusqu'à ce que mon pelage soit TREMPÉ. Il mouilla aussi ma casquette, mon museau et mon dos.

Je balbutiai :

– M-mais tu n'as plus d'eau pour toi…

Il secoua la tête :

– Pour un ami, c'est la moindre des choses ! Allez, prouve-moi que, sous ce pelage, bat le cœur d'une **V**raie **S**ouris ! Lève-toi et marche !

– Je ne peux pas me reposer un petit moment ? demandai-je en gémissant.

– *Négatif !* Si tu t'arrêtes, tu es une souris MORTE !

Fiouuu !

All you need is love !

Ha ha haaa !

Pour m'encourager, Chacal siffla toutes les chansons d'Elvis Presley et chanta à tue-tête trente-trois fois la chanson des Beatles *All you need is love* (« Tout ce qu'il te faut, c'est de l'amour »). Enfin, il raconta des blagues horribles sur le désert. J'allais de moins en moins bien (je ne sais pas si c'était à cause de l'insolation, d'Elvis ou de ces blagues épouvantables), lorsque Chacal secoua sa gourde. Il n'en sortit pas une seule goutte.

Nous n'avions plus d'eau du tout !

AS-SALAM ALAYKUM ! (QUE LA PAIX SOIT AVEC VOUS !)

Soudain, un vent sec et cruel se leva, qui m'ébouriffait le pelage et m'entortillait les moustaches... et soulevait des tourbillons de sable doré. Un vent aussi brûlant que l'air qui sort d'un sèche-cheveux !

Chacal était vraiment très inquiet.

– Tu as pris une insolation... on n'a plus d'eau... et une grosse tempête de sable arrive ! Aïeaïeaïe ! Quefairequefairequefaire ?

La tempête était de plus en plus proche.

Soudain, nous distinguâmes à l'horizon trois petites silhouettes en mouvement.

Trois dromadaires...

Quand ils furent à portée de voix, CHACAL salua :

– *As-salam alaykum !* (que la paix soit avec vous !)
Trois bergers berbères enveloppés dans leurs
burnous (manteaux avec capuche) descendirent
de dromadaire et s'approchèrent de nous :
– *Wa alaykum as-salam !* (et que la paix soit
aussi avec vous !)
Chacal me désigna :
– *Darbat shams* (coup de soleil) !
De la tête, ils firent signe qu'ils comprenaient.
Ils s'y connaissaient, en coups de soleil, et
pas qu'un peu !
Ils prirent une gourde accrochée à leur selle et
me la tendirent avec générosité... *même si, dans
le désert, l'eau vaut plus que l'or !*

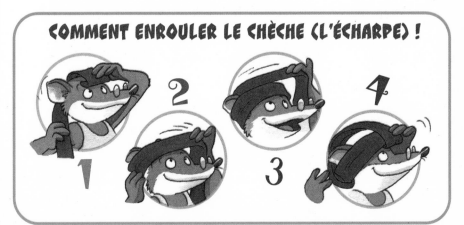

COMMENT ENROULER LE CHÈCHE (L'ÉCHARPE) !

Je bus avec avidité. À mesure que l'eau coulait dans ma gorge, je me sentais revivre. Puis un des bergers m'offrit sa longue écharpe.

– *Chèche !* (écharpe) ! murmura-t-il en l'enroulant autour de ma tête.

La force de la tempête augmentait sans cesse.

Les tourbillons de sable soulevés par le vent tournaient à une vitesse vertigineuse !

Heureusement, j'avais cette écharpe autour de la tête ! CHACAL retira son maillot et l'enroula autour de son museau pour se protéger du sable très fin qui pénétrait dans les yeux, dans les oreilles, dans les narines, dans la bouche.

OH, COMME CE VENT SOUFFLAIT FORT !
On ne voyait plus rien devant nous !

Les bergers nous firent signe de les suivre...

TEMPÊTE
DE SABLE

Les bergers nous firent signe de les suivre, et nous nous abritâmes derrière les dromadaires. Nous traversâmes un *oued* (une rivière à sec), longeâmes un *chott* (lac salé) et arrivâmes devant une *ghar* (grotte) creusée dans un *djebel* (montagne).

Nous entrâmes, tandis que la TEMPÊTE continuait de faire rage.

Chacal était très inquiet :

– Comment les autres marathoniens vont-ils s'en sortir ?

Les bergers allumèrent un feu et préparèrent un délicieux repas typique, le *couscous* : de la semoule avec de la viande et des légumes.

L'un d'eux me proposa une petite sauce rouge.

Il dit quelque chose en arabe, que je ne compris pas :

– *Intabih ! Hariq !*

Comme j'étais affamé, je versai plein de sauce sur le *couscous* et commençai à manger avec enthousiasme.

Une seconde plus tard... j'avais la langue en feu et de la FUMÉE me sortait des oreilles !!!

Chacal me donna une pichenette sur une oreille.

– Aïeaïeaïe, **Cancoyote**, c'est de la *harissa*, une sauce ultrapiquante au piment !

Pour me réconforter, ils m'offrirent des *daglat*, des dattes très sucrées... et la recette du *couscous*.

Enfin, la tempête s'apaisa.

Nous remerciâmes, émus :

- **Shukran !!!** (Merci !)

Puis **CHACAL** et moi repartîmes en courant vers l'est, pendant que le vent nous apportait l'écho des derniers mots de nos nouveaux amis :

- **Safariya muwaffaqa !** (Bon voyage !)

Au bout d'une heure, nous arrivâmes au campement.

... Nous étions sauvés !

Couscous à la viande

Plat national du Maghreb (Algérie, Tunisie et Maroc)

Ingrédients pour 6 personnes :

800 g de viande d'agneau
100 g de fèves fraîches
50 g de pois chiches
450 g de graine de couscous
50 g de raisins secs
2 carottes
3 courgettes
2 oignons

2 tomates
40 g de beurre
3 cuillerées d'huile d'olive
1 bouquet de persil
1 pincée de safran
1 pincée de paprika
sel
poivre noir du moulin

1 Faites tremper les pois chiches dans un bol d'eau froide pendant 24 heures. Coupez la viande d'agneau en morceaux et placez-les dans une casserole avec l'oignon haché, les pois chiches égouttés, les carottes coupées en rondelles, l'huile, le poivre noir moulu, le safran. Couvrez avec de l'eau et faites cuire à feu très doux pendant une heure. À la fin de la cuisson, salez.

2 Plongez le couscous dans l'eau froide et égrenez-le entre vos doigts pour qu'il ne forme pas de grumeaux. Faites-le cuire à la vapeur pendant 30 minutes. En dehors du feu, aspergez d'eau froide et remuez de façon à éviter les grumeaux. Ajoutez du sel, de l'huile, et faites cuire de nouveau à la vapeur pendant 30 minutes. Gardez au chaud. (Il existe des couscous précuits qui rendent cette recette plus facile et plus rapide à réaliser !)

3 Dans la casserole de viande, ajoutez le raisin sec bien rincé, les fèves, les tomates coupées en morceaux, les courgettes en rondelles et le persil haché. Faites cuire pendant 30 minutes à feu doux.

4 Prélevez une tasse de jus et ajoutez-y du poivre et du paprika : cette sauce sera servie à part.

5 Placez le couscous dans un grand récipient de terre cuite et mélangez avec le beurre. Versez la viande et les légumes sur la graine et servez.

JE VAIS TE RAFRAÎCHIR LES IDÉES À COUPS DE LOUCHE !

Les autres marathoniens rentraient eux aussi : tous avaient été, comme nous, bloqués par la tempête de sable. Épuisé, je me glissai dans ma tente, enfonçai des bouchons dans mes oreilles pour ne pas entendre Chacal RONFLER et tombai dans un profond sommeil. Je dormais encore, avec mes bouchons dans les oreilles, quand les marathoniens se précipitèrent *comme une seule souris* vers les cuisines.

À mon tour, je décollai comme une fusée : mes moustaches vibraient, tellement j'avais faim !

Sans avoir retiré les bouchons de mes oreilles, je remplis mon assiette de pâtes fumantes et commençai à me goinfrer.

Ah, les pâtes ! Rien ne vaut les pâtes lorsqu'on

doit accomplir des efforts physiques : elles libèrent lentement et constamment leur ÉNERGIE. C'est la nourriture préférée des marathoniens et de tous les athlètes !

Le cuistot cria quelque chose, en BRANDISSANT sa louche, mais je ne compris pas ce que c'était (j'avais encore mes bouchons dans les oreilles).

Je levai la patte pour demander encore un peu de pâtes (c'était délicieux), mais il me donna un grand coup de louche sur le museau. Je tombai à la renverse, comme une quille. Quand je revins à moi, je compris ce qui s'était passé... c'était un malentendu !

En effet, le cuistot s'exclama :

– Oh, je suis désolé, *Cancoyote !* (Tu t'appelles bien Cancoyote, hein ?) Quelqu'un avait dit que mes pâtes étaient trop cuites et je cherchais qui c'était pour lui rafraîchir les idées à coups de louche ! J'ai cru que c'était toi !

Nous nous serrâmes chaleureusement la patte.

– Amis comme avant, plus qu'avant !

Pour se faire pardonner, il m'offrit la recette des
PÂTES DU MARATHONIEN.
CHACAL me donna une pichenette sur l'oreille.
– Allez, **Cancoyote**, c'est le départ de l'étape
nocturne !

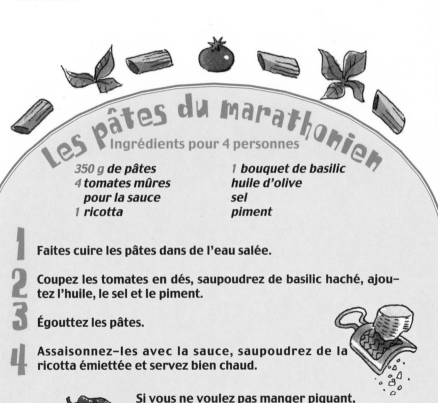

Les pâtes du marathonien

Ingrédients pour 4 personnes

350 g de pâtes
4 tomates mûres
pour la sauce
1 ricotta

1 bouquet de basilic
huile d'olive
sel
piment

1 Faites cuire les pâtes dans de l'eau salée.

2 Coupez les tomates en dés, saupoudrez de basilic haché, ajoutez l'huile, le sel et le piment.

3 Égouttez les pâtes.

4 Assaisonnez-les avec la sauce, saupoudrez de la ricotta émiettée et servez bien chaud.

**Si vous ne voulez pas manger piquant,
ne mettez pas de piment !**

TORCHES
DANS LA NUIT

Le chronométreur annonça le départ :
– À vos marques, prêts, partez !
Nous partîmes dans la nuit, rapides comme des flèches.
J'avais le pied droit plein de **CLOQUES**, le genou gauche esquinté, le museau brûlé et mal au ventre (l'amplitude thermique, c'est-à-dire la différence de température entre le jour et la nuit, avait bloqué ma digestion).
Je me traînai péniblement en boitant sur la piste caillouteuse.
Avec ma lampe de poche, j'essayai d'éclairer le terrain devant moi, mais je ne cessais de trébucher sur les cailloux. *CHACAL* murmura :
– *Cancoyote*, admire donc l'un des plus beaux spectacles du monde !

… admire donc l'un des plus beaux spectacles du monde !

Je levai la tête et restai muet de stupeur. Le ciel était d'un noir d'encre.

Les étoiles paraissaient très proches et, un moment, j'eus l'impression que je pouvais les cueillir une à une de la patte, comme des diamants *scintillants* étalés sur le velours d'une joaillerie.

CHACAL murmura :

– Ça valait le coup de venir jusqu'ici pour un tel spectacle…

Je respirai à fond l'air du désert.

J'accélérai le rythme de la course. J'écartai les bras et, pendant un instant, pendant un instant seulement, j'eus l'impression de voler…

DE LA CHAIR
À ASTICOTS !

Je regagnai la tente, épuisé.

Je me faufilai en quatrième vitesse dans mon sac de couchage, et poussai un hurlement :

- AAAAAAAARGHHHHHHHHHHHHHHHHH !

Au fond du sac, il y avait quelque chose de mou et de visqueux... un serpent !

Je bondis hors du sac.

Le serpent en tomba, lui aussi, et *rebondit*.

Rebondit ?

Je l'examinai mieux.

Il était en caoutchouc !!!

CHACAL partit d'un grand éclat de rire.

- HO HO HO HO HO HO HOOOOOO !

Puis il me donna une pichenette sur l'oreille :

– Gros distrait !

Tu aurais dû vérifier s'il n'y avait rien dans ton sac avant de t'y glisser ! Si ç'avait été un vrai serpent, à l'heure qu'il est, tu serais de la *chair à asticots !* Ah, si je n'étais pas là pour faire ton éducation… m'es-tu reconnaissant, au moins ?

Dès que je me fus remis de mon ÉPOUVANTE, je me mis à le poursuivre autour de la tente.

– Si je t'attrape… je vais t'en donner, moi, de la reconnaissance !

LE SOLEIL
SE LÈVE TOUJOURS
À L'EST !

Le lendemain matin, nous partîmes pour l'étape la plus longue : *35 km*.
Les autres marathoniens nous dépassèrent et nous nous retrouvâmes seuls dans le désert.
CHACAL ramassa quelques *roses des sables* et les glissa dans son sac à dos.
– J'ai une idée ! Je vais en faire cadeau aux dames qui participent à la course.
Et j'offrirai la plus belle à Téa.
Puis, soudain, il hurla :
– On prend par où, maintenant ?
Où̀où̀où ? À droite... ou à gauche ? En avant ou en arrière ? En haut ou en bas ? Dedans ou dehors ?

La rose des sables est un mineral, une variété de gypse, qui se trouve dans les zones désertiques.

ONESTPERDUSONESTPERDUSONESTPERDUS !

Puis il m'attrapa par la queue et me fixa droit dans les yeux.

– Qu'est-ce qu'on fait ?

BLANC comme un camembert, je balbutiai :

– J-je ne s-sais pas !

– Tu dois bien avoir une idée de la DIRECTION à prendre, non ?

Comme j'étais sur le point de m'évanouir, je m'assis sur un tas de cailloux et me mis à pousser des hurlements hystériques :

– Mais non, je n'en ai aucune idée ! Et voilà, on est perdu dans le désert !

CHACAL me secoua en me tirant l'oreille et cria :

– Mais tu imagines vraiment qu'une Vraie Souris comme moi peut se perdre dans le désert, Cancoyote ? Je sais parfaitement où nous nous trouvons, mais tu devrais le savoir, toi aussi, *cervelle de dromadaire !* **CHACAL** désigna le ciel.

– Nous marchions en direction de l'est. Le soleil se lève *toujours* à l'est et se couche à l'ouest, donc… continuons de ce côté ! Et puis, si l'on ne quitte pas la piste et qu'on ne perd pas les bornes de vue, il est impossible de se perdre ! Compris, **Cancoyote ?**

Il désigna trois pierres posées l'une sur l'autre.

– Voici la marque qui délimite la piste. Tu étais assis dessus !

J'AI L'AFRIQUE DANS LE CŒUR !

Les heures passaient lentement, tandis que nous escaladions et dévalions péniblement les dunes.
Chacal respira l'air brûlant du désert.

– Ça, c'est la vie, prends note, **Cancoyote !** Tu sais ce que c'est, le mal d'Afrique ? Non ? Eh bien, tu ne tarderas pas à le découvrir… Quand tu as été en Afrique une fois, tu ne l'oublies plus jamais. Et, dans ton cœur, grandit le désir d'y retourner. Qu'y a-t-il de spécial dans cette terre, dans ce ciel, pour qu'ils restent en toi à jamais ?
Puis il cria :

– J'ai l'Afrique dans le cœuuur !
Afrique, merci d'existeeer !
Soudain, il s'arrêta :

– Halte-là !

Une petite fourmi traversait la piste et il la laissa passer.

– J'adore la nature. Malheur à celui qui la touche, compris ?

Il découvrit une bouteille de plastique vide sur le sentier et poussa un rugissement :

– Si j'attrape le petit malin qui offense la NATURE en abandonnant ses ordures derrière lui... GRºaRRRRRRRR, je lui fais des nœuds à la queue, je lui épluche les moustaches, je lui épile le pelage, *PAROLE DE CHACAL !*

Il ramassa la bouteille de plastique et la mit dans son sac à dos. Il me montra des fleurs jaunes que je n'avais pas remarquées.

– Ce sont des fleurs de camomille. Tu sens leur parfum ?

J'allais en cueillir, mais Chacal secoua la tête.

– Si tu les cueilles, elles vont faner... ne vaut-il pas mieux leur permettre de continuer à embellir le monde par leurs COULEURS et leur parfum ?

Je souris.

– Tu as parfaitement raison, mon ami !

CHACAL poursuivit ses explications :

– On dit qu'il n'y a pas de vie dans le désert : c'est faux. Il y a des milliers et des milliers de formes de vie cachée… il suffit de soulever une pierre pour s'en apercevoir !

Curieux, je soulevai une grosse pierre.

Je découvris un nid de **scorpions noirs !**

L'un d'eux ME PIQUA avec son aiguillon VENIMEUX !

LA PIQÛRE
DU SCORPION

Je fis un bond en arrière, mais le scorpion m'avait bel et bien PIQUÉ.

Terrorisé, je sautillais dans tous les sens, soufflant sur mon doigt qui commençait à enfler.

AU SECOURS! Fais quelque chooose ! Je suis trop jeune pour y laisser mon pelage ! Viiite ! Ne me laisse pas creveeer ! Scouiiiiiiiiiiit !

Très calmement, **CHACAL** m'attrapa par la queue.

– Tout d'abord, tiens-toi *tranquille,* et ne bouge pas, il faut éviter de faire battre ton cœur plus vite.

Avec un grand sang-froid, Chacal ouvrit le `kit aspire-venin` et en sortit un garrot de caoutchouc qu'il serra autour de ma patte.

– Cela va ralentir la circulation sanguine (donc celle du venin).

Puis il prit dans le kit une LAME BIEN AFFILÉE et, d'un air très expérimenté, fit deux petites incisions de manière à former un X. Il appliqua une ventouse de caoutchouc et aspira plusieurs fois le sang empoisonné.

– Et voilà, j'ai retiré tout le venin. Tu peux être *tranquille*, me rassura-t-il.

– Merci, mon ami ! Tu m'as sauvé la vie !

ATTENTION
À LA VIPÈRE À CORNES !

Le matin du quatrième jour, nous repartîmes.
Chacal hurla :

– Dunedunedune de sable doux comme de la poudre et tendre comme du beurre où l'on s'enfonce jusqu'aux genoux : quelle étape suggestive !
Je blêmis.

Dunedunedune ? Suggestive ? *Aïeaïeaïe !*

Nous commençâmes à courir, escaladant et dévalant les dunes, ne nous arrêtant que pour enlever le sable de nos chaussures. Nous avions traversé bien des types de déserts différents ! Des montagnes rocheuses, des collines caillouteuses, du sable compacté par le vent, du sable doux...

Nous étions à mi-parcours quand nous fûmes dépassés par le véhicule TOUT-TERRAIN de l'assistance.

– Tout va bien ? Vous n'avez besoin de rien ?

– Non, vous pouvez continuer votre route !

– On se verra à l'arrivée. *Bonne chance, les souriceaux !*

Le tout-terrain disparut à l'horizon et nous nous retrouvâmes au cœur de l'immense solitude du désert.

C'est alors que Chacal poussa un **HURLEMENT**. Un *vrai* hurlement.

– AAAAAAAAAARGGGGGGHHHHHHHHHH !!!

Mon ami avait posé la patte sur une VIPÈRE À CORNES, parfaitement camouflée dans le sable ! Les moustaches vibrant d'émotion, je nouai le garrot et aspirai le **VENIN**, comme l'avait fait Chacal.

Mais cette **VIPÈRE** était bien plus dangereuse qu'un scorpion... et la patte de mon ami enfla comme un ballon.

J'approchai la gourde de ses lèvres pour lui faire boire un peu d'eau, et mon compagnon murmura avec difficulté :

- **Cancoyote,** maintenant que je t'ai appris tout ce que je savais, tu peux t'en sortir tout seul. Souviens-toi, *le soleil se lève toujours à l'est !*

Puis Chacal murmura :

– Si je ne m'en sors pas... ma dernière pensée sera pour Téa. Dis-le-lui, s'il te plaît.

Puis il s'évanouit.

Je laissai mon regard errer sur l'étendue de sable qui m'entourait.

J'ÉTAIS SEUL !

Et j'étais responsable de la vie de **CHACAL** !

Il n'y avait pas une seconde à perdre !
Je pris Chacal sur mes épaules et me mis à marcher péniblement en direction de l'arrivée de la dernière étape… vers l'OASIS de Ksar Ghilane.

IL FALLAIT QUE J'Y ARRIVE. IL FALLAIT QUE JE SAUVE LA VIE DE MON AMI.

JE ME SUIS PERDU
DANS LE DÉSERT !

De plus en plus fatigué, je me traînai sur la piste balisée par des tas de pierres. Comme Chacal était lourd !

Soudain, je m'aperçus que la piste disparaissait. Je ne voyais plus aucun tas de pierres pour m'INDIQUER le chemin.

JE M'ÉTAIS PERDU ! ET J'ÉTAIS SEUL !

J'essayai fébrilement de me rappeler les conseils de Chacal :

– Je dois toujours marcher vers l'est, donc… en direction du soleil levant !

Je repris ma marche, le cœur battant. De temps en temps, je m'arrêtais pour mouiller le museau de **CHACAL** avec l'eau de la gourde. Je lui fis avaler la dernière gorgée et **HUMECTAI** ses lèvres crevassées par le soleil.

Je criai, désespéré :

– Qu'est-ce que je vais faire, maintenant ? Je suis une cancoillotte, pas une **V**raie **S**ouris ! **JE N'Y ARRIVERAI JAMAIS !**

Mais personne ne répondit. Je recommençai à marcher, en me répétant les paroles de Chacal : *« Ce ne sont pas les muscles qui te feront arriver au bout du marathon... mais ta tête et ton cœur. »*

Je hurlai à tue-tête :

– J'Y ARRIVERAI... J'Y ARRIVERAI... J'Y ARRIVERAI... J'Y ARRIVERAI... J'Y ARRIVERAI !

Je trébuchai plusieurs fois, et plusieurs fois tombai par terre.

Mais je trouvai toujours la force de me relever.

Enfin, loin loin loin, j'aperçus des plantes vertes

qui se dressaient miraculeusement au milieu du désert. Une **oasis !**

Et, devant l'oasis, l'arche de la ligne d'arrivée !

Mais on aurait dit qu'elle était montée sur des rails, car j'avais beau m'épuiser, elle paraissait toujours aussi éloignée... Dans l'air pur du désert, il était très difficile d'évaluer les distances !

Après une heure de marche *ÉPROUVANTE*, je coupai enfin la ligne *D'ARRIVÉE !*

Les conseils de Chacal pour survivre dans le désert

Notre corps peut résister à la chaleur, au froid, à la faim, à la soif, tant qu'il est animé par une forte volonté de survivre. Aussi, quoi qu'il puisse vous arriver, ne perdez pas espoir, mais ayez confiance en vous-même et... réagissez avec courage !

INFORMATIONS SUR LE DÉSERT

Il y fait très chaud le jour et très froid la nuit. Les déserts occupent environ un cinquième de la superficie de la Terre.

Jour **Nuit**

EAU

Pour survivre dans le désert, il faut au moins quatre litres d'eau par jour. Si vous ne buvez pas assez, vous vous déshydratez. C'est dangereux !

Pour éviter la déshydratation, ne retirez pas vos vêtements, mais couvrez-vous pour perdre moins d'humidité (en plus, vous éviterez ainsi les coups de soleil). Portez un pantalon et des chemises à manches longues. Les vêtements doivent être amples, pour laisser circuler l'air, et de couleur claire, pour refléter le soleil.

Pour trouver de l'eau dans le désert, suivez les traces des animaux ; creusez là où vous voyez du sable humide ou dans le lit des fleuves à sec. Ou bien distillez l'humidité !

DISTILLER L'HUMIDITÉ

Creusez une fosse dans le sable, recouvrez-la d'une bâche de plastique et posez une pierre au centre. À l'intérieur de la fosse, placez un récipient qui recueillera l'humidité condensée. Vous pouvez ainsi obtenir un demi-litre d'eau par vingt-quatre heures !

CONSEIL : Si vous n'avez pas d'eau, ne mangez pas ! La nourriture est moins importante que l'eau : sans nourriture, on peut survivre plusieurs jours, mais pas sans eau !

TEMPÊTE DE SABLE

Couvrez-vous la tête avec une écharpe, abritez-vous dans une grotte ou allongez-vous sur le sol en tournant le dos au vent.

SOLEIL

Protégez-vous les yeux avec des lunettes et portez une casquette à visière et à oreillettes. Enduisez tout votre corps de crème solaire à fort indice de protection : le pouvoir réfléchissant du sable est aussi intense que celui de la neige !

Marchez la nuit ou tôt le matin, en évitant les heures les plus chaudes. En cas de coup de chaleur, installez la victime à l'ombre, mouillez ses vêtements et éventez-la.

SCORPIONS ET SERPENTS

Si vous êtes piqué par un scorpion ou mordu par un serpent, aspirez le venin avec le kit approprié.

COMMENT S'ORIENTER

Si vous avez une boussole, servez-vous-en. Si vous n'en avez pas... le jour, orientez-vous avec le soleil (qui se lève à l'est et se couche à l'ouest), la nuit, avec l'étoile polaire, qui indique toujours le nord.

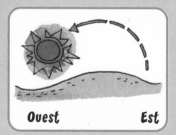

Ouest   Est

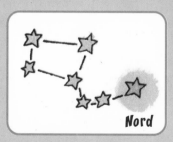

Nord

SPRIIIIIIIIIIINT !

Alors que j'approchai de la ligne d'arrivée, Chacal rouvrit les yeux à grand-peine et m'encouragea :

– Allez, **Cancoyote,** fais un *SPRIIIIIIIIIIIINT !*
Je rassemblai mes dernières forces et, portant toujours **CHACAL** sur mon épaule, courus jusqu'à la grande arche bleue qui signalait l'arrivée… et la conclusion de cet *INCROYABLE* marathon !

Je tombai à genoux et embrassai la terre (ou plutôt le sable), tout ému.

Tous les rongeurs faisaient cercle autour de nous, tandis que j'expliquai :

– Chacal a été mordu par un SERPENT !

Le médecin le fit transporter dans la tente de l'infirmerie et je le suivis, inquiet.

… je courus jusqu'à la grande arche bleue…

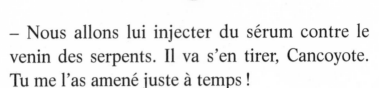

– Nous allons lui injecter du sérum contre le venin des serpents. Il va s'en tirer, Cancoyote. Tu me l'as amené juste à temps !

Chacal murmura :

– Il... il ne s'appelle pas... **Cancoyote**. Il s'appelle Stilton, *Geronimo Stilton*... et c'est une **V**raie **S**ouris... comme moi !

Le R.A.C. (RESPONSABLE DE L'ASSISTANCE AUX CONCURRENTS) me passa une médaille autour du cou.

– FÉLICITATIONS !

Je caressai la médaille, ému aux larmes.

– J'y suis arrivé ! murmurai-je, incrédule.

MERCI D'EXISTER !

Le dernier soir, nous dînâmes tous ensemble autour d'un feu de camp.

Nous avions invité aussi nos amis berbères qui nous avaient sauvé la vie.

En nous tenant par la PATTE, nous chantâmes toutes les chansons les plus célèbres… c'était tellement bon d'être ensemble !

Le sport, comme la musique, rassemble profondément les gens au-delà des différences d'origine, de race, de tradition. Chacal me serra la patte.

– Je suis heureux de t'avoir connu. *Tu* as appris de *moi…* mais, *moi* j'ai appris de *toi aussi*, comme dans toute véritable amitié ! Prends note, voici ma philosophie…

LA PHILOSOPHIE DE CHACAL

C'est bon d'être ensemble, de vivre une passion
commune avec les autres, de découvrir l'*énergie*
d'un groupe d'amis sincères !

Le monde est plein de gens intéressants
prêts à se lier d'amitié avec toi.
Ne sois pas timide, lance-toi !
Tu découvriras comme *il est facile de se faire des amis !*

Sois toi-même, chacun de nous est unique,
irremplaçable, différent de tous les autres.
C'est pourquoi il est si bon d'être en groupe :
chacun apporte sa propre expérience.
Et la *diversité* de tous les amis qui composent
le groupe est une grande richesse : on se complète
à tour de rôle, chacun a quelque chose à apprendre
de l'autre !

Je vais te révéler un grand secret :
pour être bien avec les autres, il faut d'abord que tu sois
bien avec toi-même, que tu t'aimes et
t'acceptes tel que tu es, avec tes peurs et tes limites.
Apprends à bien t'aimer.
Et les autres t'aimeront aussi !

CHACAL lança une *ola* et nous nous levâmes les uns après les autres en criant *comme une seule souris* :

– Hourra !

Il écarta les bras :

– Mais dites-moi pourquoi je vous aime tous autant ! **Dites-le-moi !**

J'étais ému.

– Merci d'exister, Chacal.

– Il suffit de me donner des ordres, **Cancoyote**. Tu n'as qu'à demander et je le ferai ! Pour un ami, je ferais n'importe quoi. *Veux-tu que je coure à reculons et à cloche-patte les yeux bandés jusqu'au pôle Nord ?*

Veux-tu que j'escalade l'Everest en maillot de bain et avec des palmes ? Veux-tu que je déplace le monde ? Tu n'as qu'à demander et je le ferai, Cancoyote ! Souviens-toi, si tu as un problème **URGENT**, demande et je le ferai ! Chacal ne te laissera jamais tomber, Cancoyote ! Souviens-toi, Cancoyote, un Véritable Ami le reste pour toujours ! *PAROLE DE CHACAL !*

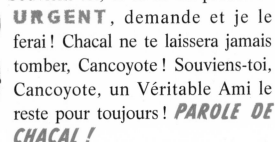

Puis il me tendit un papier.

– Si tu as un problème, tape ce code archisecret sur un ⊓⊏⅃⅂⊓⊓⌐⊏⊔⌐ ou un téléphone et j'arriverai tout de suite ! Maintenant, apprends le code par cœur et avale le papier !

Je poussai un soupir (décidément, Chacal est parfois très bizarre), mais j'obéis sans bisquer à cette bizarrerie. Je dus reconnaître que Chacal avait eu raison. L'aventure et la **NATURE** sont de vraies valeurs : je tenais la matière d'un scoop exceptionnel. Je voyais déjà le titre :

> Comment devenir une S uper S ouris...
> en quatre jours et demi !

Je refermai mon carnet, glissai mon stylo dans le sac à dos... et poussai un hurlement : il y avait un scorpion à l'intérieur ! Un scorpion en... **caoutchouc !**

CHACAL me donna une pichenette sur le museau en ricanant.

– Tu en auras des choses à raconter quand tu seras rentré chez toi, hein, Cancoyote !

COMMENT DEVENIR UNE VRAIE SOURIS EN QUATRE JOURS ET DEMI !

De retour à Sourisia, je me précipitai dans mon bureau sans prendre le temps de retirer ma tenue de marathonien.

Je montai au pas de **COURSE** l'escalier de la rédaction :

Les vainqueurs !

– Tout le monde est prêt pour le scoop ? Édition spéciale de *l'Écho du rongeur* : « COMMENT DEVENIR UNE VRAIE SOURIS EN QUATRE JOURS ET DEMI ! LE VOYAGE LE PLUS CHAUD DE MA VIE ! PLANTES ET ANIMAUX DU DÉSERT ! TOUS LES SECRETS POUR SURVIVRE ! LE

MINIDICTIONNAIRE ! LA RECETTE EXCLUSIVE DU COUSCOUS POUR NOS LECTEURS ! »

À la une, nous mettrons la photo du gagnant et de la gagnante !

Le miroir de l'antichambre refléta mon image, mais je me reconnus à peine. J'avais un air *différent*. Peut-être parce que j'étais bronzé ? Ou plus **musclé ?**

Peut-être avais-je une expression plus décidée... ou du bonheur dans les yeux ?

Téa me dévisagea, émue :

– COMME TU AS CHANGÉ, FRÉROT !

Traquenard me dévisagea, ahuri :

– COMME TU AS CHANGÉ, COUSIN !

Mon neveu Benjamin murmura, admiratif :

– COMME TU AS CHANGÉ, TONTON !

Toute la rédaction s'écria en chœur :

– COMME VOUS AVEZ CHANGÉ, MONSIEUR STILTON !

Je souris sous mes moustaches.

Personne ne rentre d'un voyage dans le désert sans

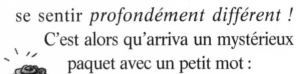

se sentir *profondément différent !*
C'est alors qu'arriva un mystérieux
paquet avec un petit mot :

Pour la plus belle,

la plus charmante, la plus

aventureuse... Téa, merci d'exister !

Romantiquement à toi, Chacal.

Ma sœur ouvrit le paquet : il contenait
une magnifique rose des sables.

– C'est une pensée très délicate
qu'a eue Chacal !

J'en profitai pour lui glisser :

– Euh, Chacal m'a tellement parlé de toi (un
peu trop, même), que je crois bien qu'il est
amoureux !

Téa feignit la surprise :

– Ah bon ?

Je demandai, curieux :

– Mais toi, qui préfères-tu ? **CHACAL** ou
FARFOUIN SCOUIT ?

Elle se mit à peser le pour et le contre, en ricanant.

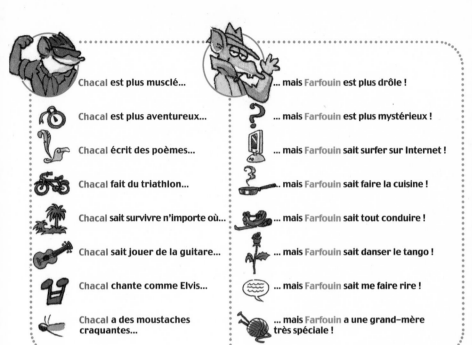

Chacal est plus musclé... ... mais Farfouin est plus drôle !

Chacal est plus aventureux... ... mais Farfouin est plus mystérieux !

Chacal écrit des poèmes... ... mais Farfouin sait surfer sur Internet !

Chacal fait du triathlon... ... mais Farfouin sait faire la cuisine !

Chacal sait survivre n'importe où... ... mais Farfouin sait tout conduire !

Chacal sait jouer de la guitare... ... mais Farfouin sait danser le tango !

Chacal chante comme Elvis... ... mais Farfouin sait me faire rire !

Chacal a des moustaches craquantes... ... mais Farfouin a une grand-mère très spéciale !

– Bref, lequel préfères-tu ?

– Tous les 2 ! annonça triomphalement ma sœur. En fait, je commencerai par prendre l'apéritif avec Chacal, et puis j'irai dîner avec Farfouin. Salut, frérot...

Je secouai la tête en soupirant.

Ah, ma sœur est vraiment terrible !

ET POURTANT,
ÇA ME MANQUE...

Quelques jours plus tard, je repris mon travail au bureau, comme avant mon départ.

Je m'installai confortablement dans mon fauteuil, grignotai un sandwich au triple gorgonzola et poussai un soupir de soulagement. Comme j'étais bien !

Ni SERPENTS ni **scorpions**, pas de sable, pas de marche épuisante à affronter...

Tout était tranquille. Et même très tranquille !

Je dis tranquillement, comme pour me tranquilliser :

– Oh, quelle *tranquillité* !

Je gardai longuement le silence, puis je murmurai très bas, comme si je n'osais pas même me l'avouer à moi-même :

– *Et pourtant, ça me manque...* tout me manque : le silence du désert, cet horizon sans gratte-ciels, ce ciel absolument pur de tout nuage, ce sable fin comme de la poudre, cette brise qui porte le parfum des douces et lointaines oasis... l'Afrique me manque !

Je jetai un regard à la photo :

– Et ils me manquent aussi, les amis avec qui j'ai partagé cette aventure !

C'est alors que j'entendis un hurlement :

– GGGERONIMOOOOOOO !

Je regardai la photo…

La porte s'ouvrit et *CHACAL* entra en coup de vent, suivi par l'équipe des 100 KM DU SAHARA.

– Et pourtant, ça te manque ? Nous t'avons entendu, tu sais ! Et alors, on repart, et *tout de suite !* Et, cette fois, pour une aventure sérieuse, l'autre, c'était vraiment un truc de *mauviette*, n'ayons pas peur des mots. Là, on part pour la Namibie, la patrie des lions !

J'essayai de faire marche arrière :

– Mais je disais ça comme ça, histoire de parler…

Trop tard.

Ils m'avaient déjà entraîné dans un véhicule **TOUT-TERRAIN** vrombissant qui se dirigea vers l'aéroport.

Le chronométreur donna le départ :

– Trois, deux, un, partez ! Je déclare officiellement ouverts les préparatifs pour la prochaine course, dont tu es le premier et (pour l'instant) le seul inscrit !

Le R.A.C. (RESPONSABLE DE L'ASSISTANCE AUX CONCURRENTS) me fit essayer une paire de chaussures de course.

– Ne t'inquiète pas, j'ai un camion plein de pansements pour les ampoules !

Le médecin souffla :

– Des pansements ! Je me charge de les lui ARRACHER, moi, ses ampoules !

Le cuistot me fourra entre les pattes une gamelle fumante en tonnant :

– Du *sable en sauce*, blanc-bec ! Content ?

Le chef conduisait, le regard fixé sur la route, en répétant d'un air rêveur :

– L'Afrique… L'Afrique… L'Afrique…

CHACAL rugit :

– Tranquille, **Cancoyote**, tu vas faire des étincelles. Tu vas voir comme tu détaleras quand tu seras poursuivi par un lion ! Je parie mon parachute que tu vas établir un nouveau record…

…le record de la cancoillotte !

Tu vas voir comme tu détaleras quand tu seras poursuivi par un lion !

LA VIE DANS LE DÉSERT

Le Sahara (mot arabe qui signifie « désert ») est le plus grand désert du monde (superficie : environ 9 millions de kilomètres carrés).

Il peut être caillouteux (*serir*), jonché de roches polies par le vent (*hamada*) ou sablonneux, avec des dunes modelées par le vent (*erg*). Le désert est sillonné par des oueds, les traces d'antiques fleuves qui se remplissent d'eau quand il pleut (rarement).

Animaux du Sahara : 1. moineau du Sahara ; 2. dromadaire ; 3. vipère à cornes ; 4. addax ; 5. gazelle ; 6. fennec ; 7. scorpion ; 8. scolopendre ; 9. gerboise.

CHAMEAU OU DROMADAIRE ?

Chameau

Le chameau se distingue par les deux bosses adipeuses qu'il a sur le dos. Il est très répandu à l'état domestique dans le centre et le sud de l'Asie.
À l'état sauvage, on ne le rencontre que dans une partie du désert de Gobi (Asie orientale).

Dromadaire

Le dromadaire n'a qu'une seule bosse sur le dos et il est présent en Afrique et dans la péninsule arabique. Il peut parcourir jusqu'à 50 kilomètres par jour et il n'a besoin que de peu de nourriture.
Il est capable de tenir huit jours sans boire !

VÉGÉTATION

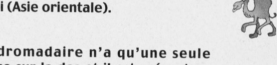

Dans le désert ne poussent que de rares arbustes et des buissons épineux. La *rose de Jéricho* est très particulière : il s'agit d'une boule de brindilles pleine de graines qui roule dans le désert, transportée par le vent ; en présence d'humidité, elle s'enracine dans le terrain et s'ouvre. Dans les oasis poussent des palmiers dattiers et des plantes à fruits.

Rose de Jéricho

MINIDICTIONNAIRE DU DÉSERT

Attention : pour nous, certains sons arabes sont difficiles à *prononcer*... et à *écrire* avec les lettres de notre alphabet.

Bonjour : *sabah al-khayr*
Bonsoir : *masa al-khayr*
Salut : *tahiya* – **Au revoir :** *ma as-salama*
Bienvenue : *marhaban*
Comment vas-tu ? : *kayfa halak?*
Bien, merci ! *kuwayis, shukran!*
Comment t'appelles-tu ? : *ma howa ismak?*
Je m'appelle... : *ismi howa...*
D'où viens-tu ? : *min ayy balad hadritak?*
Je viens de... : *ana min...*
Quel âge as-tu ? : *ma howa amrak?*
J'ai... ans : *andi...*
Paix : *salaam* – **Ami :** *sadiq* – **Amitié :** *sadaqa*
Oui : *nacam* – **Non :** *la*
Merci : *shukran* – **Je t'en prie :** *cafwan*
S'il te plaît : *men fadhlek*
Je regrette : *yusifuni kathiran*
Bonne chance : *hadh sacid*
Bon appétit : *shahiya tayiba*
Bon voyage : *safariya muwaffaqa*
Hier : *ams* – **Aujourd'hui :** *al-yawm* – **Demain :** *ghadan*
Au secours ! : *al-nagda!* – **Attention ! :** *intabih!*
Attends un moment : *intadhir lahdha*
Appelez un médecin ! : *tlubu at-tabib!*
Je n'ai pas compris : *iam afham*

Combien ça coûte ? : *kam ath-thaman?*
Où est... ? : *fein... ?* – **Quand ? :** *emta?* – **Pourquoi ? :** *layish?*
Il fait chaud : *al-giaw har* – **Il fait froid :** *al-giaw barid*
Cher : *ghali* – **Bon marché :** *rakhis*
Proche : *qarib* – **Loin :** *bacid*
Est: *sharq* – **Ouest :** *gharb* – **Nord:** *shamal* – **Sud:** *gianub*
Désert : *sahara* – **Soleil :** *shams*
Vent : *hawa* – **Ciel :** *sama*
Sable : *raml* – **Palmier :** *nakhl* – **Datte :** *tamra*
Eau : *miyah* – **Thé :** *shay* – **Manger :** *akal*
Souris : *far* – **Fromage :** *giubn*
Scorpion : *aqrab* – **Serpent :** *hayya*
Dromadaire : *giamal*
Automobile : *sayara* – **Route :** *tariq*
Voyage : *safar* – **Voyageur :** *musafir*
Hôtel : *funduq* – **Téléphone :** *tilifun* – **Toilettes :** *mirhad*
Marché : *suq* – **Photographie :** *sura*
Entrée : *madkhal* – **Sortie :** *khirug*
Frontière : *hudud* – **Passeport :** *giawaz safar*
Aéroport : *matar* – **Bagages :** *haqaib* – **Sac à dos :** *khurg*

Jours de la semaine	Chiffres	
lundi : *al-ithnayin*	0 *sifr*	7 *sabca*
mardi : *ath-thalatha*	1 *wahid*	8 *thamaniya*
mercredi : *al-arbaca*	2 *ithnan*	9 *tisca*
jeudi : *al-khamis*	3 *thalatha*	10 *cashara*
vendredi : *al-giumca*	4 *arbaca*	
samedi : *as-sabt*	5 *khamsa*	
dimanche : *al-ahad*	6 *sitta*	

TABLE
DES MATIÈRES

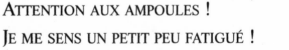

Geronimo Stilton

DANS LA MÊME COLLECTION

L'Écho du rongeur
1. Entrée
2. Imprimerie (où l'on imprime les livres et le journal)
3. Administration
4. Rédaction (où travaillent les rédacteurs, les maquettistes et les illustrateurs)
5. Bureau de Geronimo Stilton
6. Piste d'atterrissage pour hélicoptère

Sourisia, la ville des Souris

1. Zone industrielle de Sourisia
2. Usine de fromages
3. Aéroport
4. Télévision et radio
5. Marché aux fromages
6. Marché aux poissons
7. Hôtel de ville
8. Château de Snobinailles
9. Sept collines de Sourisia
10. Gare
11. Centre commercial
12. Cinéma
13. Gymnase
14. Salle de concerts
15. Place de la Pierre-qui-Chante
16. Théâtre Tortillon
17. Grand Hôtel
18. Hôpital
19. Jardin botanique
20. Bazar des Puces qui boitent
21. Parking
22. Musée d'Art moderne
23. Université et bibliothèque
24. La Gazette du rat
25. L'Écho du rongeur
26. Maison de Traquenard
27. Quartier de la mode
28. Restaurant du Fromage d'Or
29. Centre pour la Protection de la mer et de l'environnement
30. Capitainerie du port
31. Stade
32. Terrain de golf
33. Piscine
34. Tennis
35. Parc d'attractions
36. Maison de Geronimo Stilton
37. Quartier des antiquaires
38. Librairie
39. Chantiers navals
40. Maison de Téa
41. Port
42. Phare
43. Statue de la Liberté

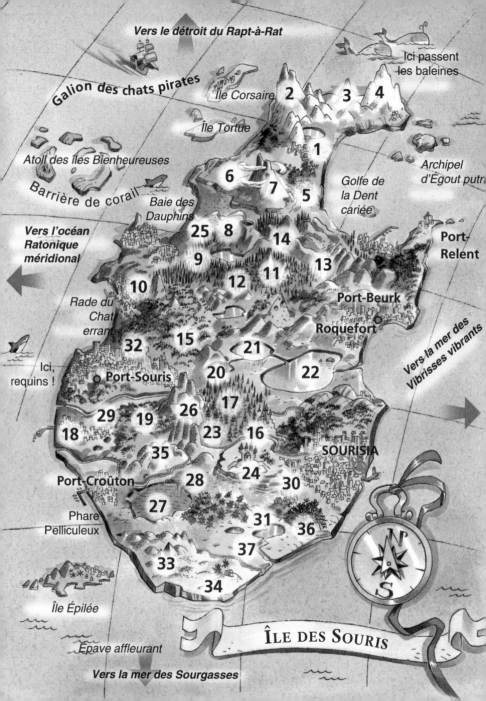

ÎLE DES SOURIS

Île des Souris

Au revoir, chers amis rongeurs, et à bientôt
pour de nouvelles aventures.
Des aventures au poil, parole de Stilton, de…

Geronimo Stilton